鼻を食べる時間

加賀翔
白武ときお

太田出版

まえがき

加賀 翔

僕が自由律俳句と出会ったのは17才の時でした。世に発する必要のない独り言のような、孤独や切なさに溢れているのに他人事のような視点で自身や状況を見つめていて、その不思議な感覚に笑ってしまう。あらゆる状況をまるごと包み込んで面白がっているような世界が自分にとってはとても衝撃で魅力的でした。

もっと読みたい触れたいと思い、僕は地元岡山の本屋を電車や原付を駆使し何軒も回りました。本棚から飛び出る「俳句、短歌」のラミネートを目掛けて棚を探すのですが、その棚はいつもとても小さく、やっと見つけても自由律俳句の本はほとんど置いてありませんでした。今でこそネットなどで買えますが、当時の自分はそれができず、同じ本を毎日読み返すことしかできません。ただそれが面白かったんです。こちらの想像は日によって変わり、受け手次第で句の印象が変わるということにさらに感動し興奮しました。

自由律俳句とは一体何なのか。自分にとって大切なものなのに、なんて説明の難しいものだと感じています。

芸人になり、自由律俳句を好きな人にたくさん出会えたことが本当にありがたく、特に白武さんと仲良くなったことは大きな出来事でした。

白武さんと二人、「一体どうすれば自由律俳句と関われるか」を考えた結果、始まったのがエロ自由律俳句の連載です。狭い世界だからこそ違う形で始めようと続けてきたことがこうして本になりとても感動しています。

そして『エロ自由律俳句本』の制作をしていたある日、先輩からご飯のお誘いの電話がかかってきたことがありました。僕は電話に出て、

「すみません今日エロ自由律俳句の本を作る日で……」

と答えたのですが、先輩は、

「……えろじゆうりつはいく？」と、困惑の反応でした。

僕もわざわざ言わなくてよかったのですが言いたい気持

ちもありつい口にしてしまいました。エロ自由律俳句という言葉は、自分達以外には本当に伝わりません。まず俳句の説明があり、その上で自由律の説明があり、そしてエロ自由律俳句を説明をします。その上でもってもなぜそんなことをするのかまではなかなか理解されません。だからこそ、こうして形に出来たことが奇跡的だと感じますし、本の魅力だなと思います。

この本は詩歌や俳句に触れてみようと思った人が一冊目に買う本では無いのだろうと思います。そんな一冊が狭い本棚に並び、この文章が今あなたの目に触れているということがとても幸せです。この本をきっかけにエロ自由律俳句という言葉を共有できる関係になれることを楽しみにしています。

加賀翔

1

別れて少し残った方言

湯を抜いたバスタブで狭がる
永久脱毛終わって一人
匂いで振り返る信号

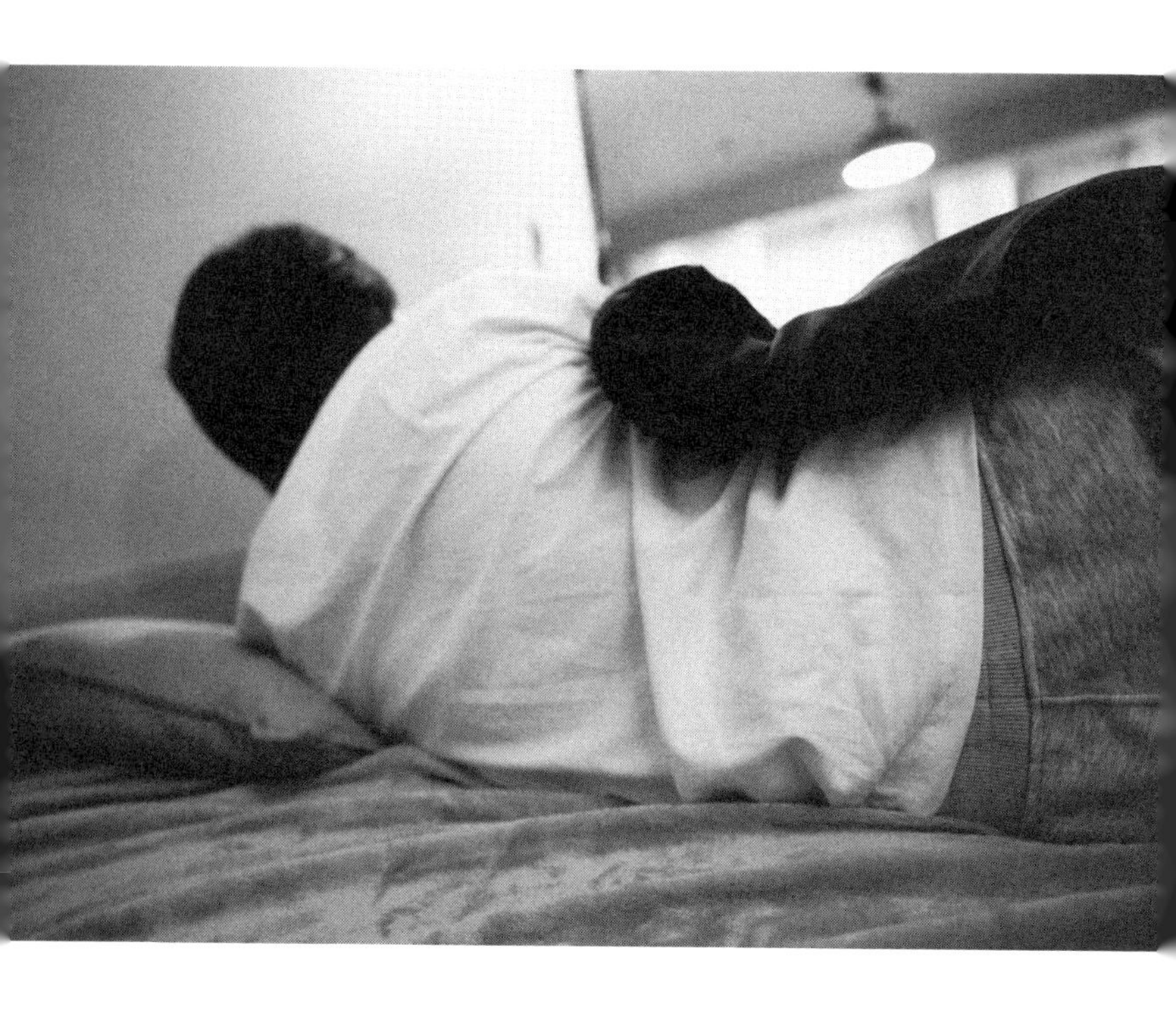

耳に流れる涙の跡を唇で消す

白武ときお

1

何枚か先の鏡から笑っている

内緒の話で覚える匂い
仕切りにしては薄すぎる
手で測る頬の仄かな赤さ

コットンドレスでわかる風の形
霧雨に洗われる白い足

手が触れて砂のトンネル開通する

はしゃいだ浮き輪を抱きしめ終わる

音のない雨気だるく灯る部屋パネル
ガラスが全て見せてくれた

渚を振り返る足跡しか無い

加賀翔

2

帰れるくらいの雨で目が合う

傘盗まれたふりして寄せる
半個室のような傘の中

護身術を試すために近い
石頭を確認させられる
脱毛のたびに降りる触れる許可
聴診器でつながって筒抜け

映画につられてとがる唇

旅先を調べる鎖骨が照らされている

西日をまぶしがる顔をまじまじ

エスカレーター一段分の身長差

見えそうなので見ない

靴下を脱がされて爪先がじんわりとする
思い出したように冷え性を謝る
内ももと内ももが触れる

あえて残して食べてもらう

痺れた足こっそり掴まれる

ストローが逃げて追う舌

酔ってないふたりだけで脱出
同じ方向というのは嘘だった
脱毛の吊り広告を見る腋

電車から見える部屋だ

違う季節のパジャマを借りる

読者投稿句

置いてったパジャマ嗅いでちょっと泣く　［ジャングルぐるぐる］

ならあのコーナーも聴いてるということか　［アナザーゴリラ］

初めてみる横の重力の顔　［木下］

幼馴染から知らない方言　［ごまだいふく］

夢で触られたから好きな気がする　［キリンごはん］

2人で嘘を考える時間　［マンダリンもえ］

靴をそろえなくなった　［もぁ］

口実だったバラエティ番組がうるさい　［永田おふとん］

よく貸して着なくなった部屋着　［ブスだ三日で慣れろ］

パンツだけ履いて換気扇にふたり　［ゆーちゃんごめんね］

乱れたポニーテールですするカップラーメン　［納税ランチ］

青白く照らされる間奏中の横顔　［なんちゃってパルクール］

地図が読めずに張り付くうなじ

白武ときお

2

肘こすれ取り合う仕上げのチーズ

ガラス隔てて鉄板に油をならす

防塵服脱ぎ湿気をまとう

太ももを下敷きにして伝票を書く

たるんだソファに素足で立つ
フライドチキンの痕跡なくすしゃぶりつき

大型犬に笑顔で襲われている

速い蟻が太ももを這う

禁止事項の多い公園でももつれる指

体にあてたレオタードと踊る和室

ビーズクッションにうつる熱

応援するように消える感知式の照明

曇り空縁取る干された下着

牛乳が服の中に逃げていく

郵便はがき

お手数ですが
切手を
お貼りください

160-8571

東京都新宿区愛住町22
第3山田ビル 4F

(株)太田出版
読者はがき係 行

お買い上げになった本のタイトル：

お名前　　性別　男・女　　年齢　　歳

ご住所　〒

お電話

e-mail

ご職業
1. 会社員　2. マスコミ関係者
3. 学生　4. 自営業
5. アルバイト　6. 公務員
7. 無職　8. その他（　　　）

記入していただいた個人情報は、アンケート収集ほか、太田出版からお客様宛ての情報発信に使わせていただきます。

太田出版からの情報を希望されない方は以下にチェックを入れてください。

□ 太田出版からの情報を希望しない。

本書をお買い求めの書店

本書をお買い求めになったきっかけ

本書をお読みになってのご意見・ご感想をご記入ください。

＊ご投稿いただいた感想は、宣伝・広告の目的で使用させていただくことがございます。あらかじめご了承ください。

＊太田出版公式HP（http://www.ohtabooks.com/）でもご意見を募集しております。

試着室で初めてへそ見る

算段狂うパフェスプーンの柄を舐める

姿見に明後日着るサマードレスを吊るす

浜辺のトタン屋根で聞く雨音

まだ一昨日にいるポップコーンの指

太ももの汗を見せる砂

祭りの音止むまでねぶる綿菓子棒

デッキチェアで寝姿勢を探っている

カスタードの出口を口で塞ぐ

館内着でラジオ体操を見下ろす

不揃いのさいの目に切る丸い手の上

風呂洗うこの夏を知らない二の腕

歯型が残る半球のみたらしだんご

いつもの湯船がこぼれていく

ドライヤーで抜け落ちた毛そのままに

ひゃくまんかいのせんたくをこえたへやぎ

冷蔵庫開ける肉のない背中

短い走行音カーテンで夜を延ばす

いまのことをはやくあとでおもいだしたい

押収されたパンティを元の持ち主が迎えに来る

君のいう変態はフリーザやセルのではないか

まだ性なる夜がうんぬんと投稿している

緊急停止するならこのエレベーターがいい

生身で突撃するとあざができそうなのれんだ

第六回句会参加
檜原洋平（ママタルト）

やばいこの話途中エロいんだった
せめて帰りの電車が混んでますように
コンタクト外すやつ買っていい？
はしゃいだら６９の説明をするはめになった
なんで途中までしか観てないのか思い出した

第七回句会参加
蓮見　翔（ダウ９０００）

ダイヤル式のポストに鍵

加賀翔

3

同じ最寄りと知って乗る終電の明るさ

何も写らない暗さにして撮る

古い電球を持ったまま真っ暗

畳で寝た頬のでこぼこを撫でる
ためらいなく排水溝に素手で
うがいの間隔がぶつかる

ネイルが乾くまで弱い
互いにギターを弾く指先のかたさ
ドライヤー中の足に巻きつく
顔しか見てなくて聞いてなかった

おんぶ交代して甘噛み
噛まれて驚く顔に吹き出す
くるまって脱いだふりをする
背中に迷路があるように這う

耳に薄皮があるように噛む
髭の柔らかさを耳に試す
見知った唇の柔らかさ

くすぐり合って動物の目になる

鼻を食べる時間

髪の毛の隙間から出る耳

目を押さえられて首を噛まれている

耳を塞がれて内側が鳴っている

本当はシャツも破いて欲しい
綺麗な爪だと言わない
胸の上にコンタクトが落ちてきて笑う

触れても触れても伝えられない触れたさ

シンクで口をゆすぐ

背中に回した腕で鼻かく
裸用の冷房に調節
逆回転でつむじをなぞる
ブレーカーが落ちてたんだった

落ちたぬいぐるみと目が合う
目を開けたら開けてた

腕枕ぴったりで帰れない

尻用の石鹸を置くトレイ

風呂から聴こえる鼻歌の古さ

シャワーをかけられた毛が逃げるように回る

くたくたになっている勝負の部屋着
洗い方のわからない布をまとめる

シーツにピノの転がった跡

深夜あなたの自撮りのツイートの削除

SWEETS, UNITED, PRINCESS, U

泣いたあとの頬にさわる

訊かれたらとりあえず〈まだだめ〉と応える

僕だけが起きているとき、いつもあなただけが眠っている。

第八回句会参加

ベテランち（青松輝）

嘘みたいだろ　ＡＡで抜いてたんだぜ　俺ら

オイラにゃもうキモいコメントしか残ってねえのさ

ＡＶ女優のリプ欄に親戚

下卑た私を鼻セレブに拭き取らす

ものまねが偉人のフリして腰を振る

第九回句会参加
ぐんぴぃ（春とヒコーキ）

白武ときお

3

譜面のコピーを風から守る

とっておきたいセロファンの指紋

呼び込んだ犬あぐらに収まる

昼から顔にめり込むラグの跡

羽目を外すと決めた人たちで曇ったガラス
デパートの匂いふりまくお金持ちならではのハグ
ブラインドのしなりを知ってる二本の指
社交性の高いbirthdayの発音

にらにんにくも追加で頼む

溺れたれんげを助けている

声の小ささと店の活気が生んだ距離

鳴りやまないテキーラを注文するだけのベル

韓国の安いガムが香る間合い
燻された銀のピアスがマイクにかち合う
コートで隠れる窓付きのドア

多くを失う自動ドアがゆっくり開く

ソルトを一旦太ももに溜める

湯上がりの肩に前歯を立てる

ドアスコープから見る痴情のもつれ
拘束具が伸び切っている
犠牲にした膝小僧の赤さ

毛布が隠し続けた下着
服積み上げて夜を掃き出す
シンクにそのまま昨日の唇

返しに来たのにまた借りる

冷凍餃子で冷やすあざ

研ぎ汁にぼんやり浮かぶ桃色の爪

失敗した生卵両手に受ける
足くっつけてストーブであぶる

一本でもピンク色だとわかる髪

十月だけど埋まるピンチハンガー

マーキングのためのピアス類

色付きの爪が足の裏に刺さる

朝をまとめる卵をまぜる

あざやかな何もなかったふり

食べたことのない物を二つに割る

夜の空そのものになる

全体重のせてください

水の中の足の指を観察する

知ってるって思う窓際

日が射してくる米をといでる

わたしたちの雪どけ水のゆくえ

梅雨の晴れ間の眉間の蠢き

手帳の端をゆっくりちぎる

結露に書いた文字のしたたり

第十回句会参加

東直子

加賀翔

4

どんなに近づいてもいいような線香花火の間

剥がれた日焼け止めを塗り直す
尻についた砂が乾く

開けずに溶けている机のスイカバー

花火の見えるホテルと知ってる
古いゲームの液晶が小さくて近づく

花火の音で馬鹿になっていく体

白武ときお

4

葬式にはスカートで来た

あんの種類を疑いながら食べる眉間

刻印がぎりぎり読める固形石鹸に残る泡

つぶやいていた雹が傘に届く
トナカイの客引きと店に戻っていく
ウツボ誘導する細い指

手袋を諦めて食べ始めた
ブリュレの固さをスプーンで鳴らす

スケボーの仲間をよそにしてきた白い息

ベンチコートの中は七月

バネの遊具の限界を試している

漏れた化粧品洗う赤い水

同じ風呂上がりでも違う匂い

葡萄のグミでへそをふさぐ

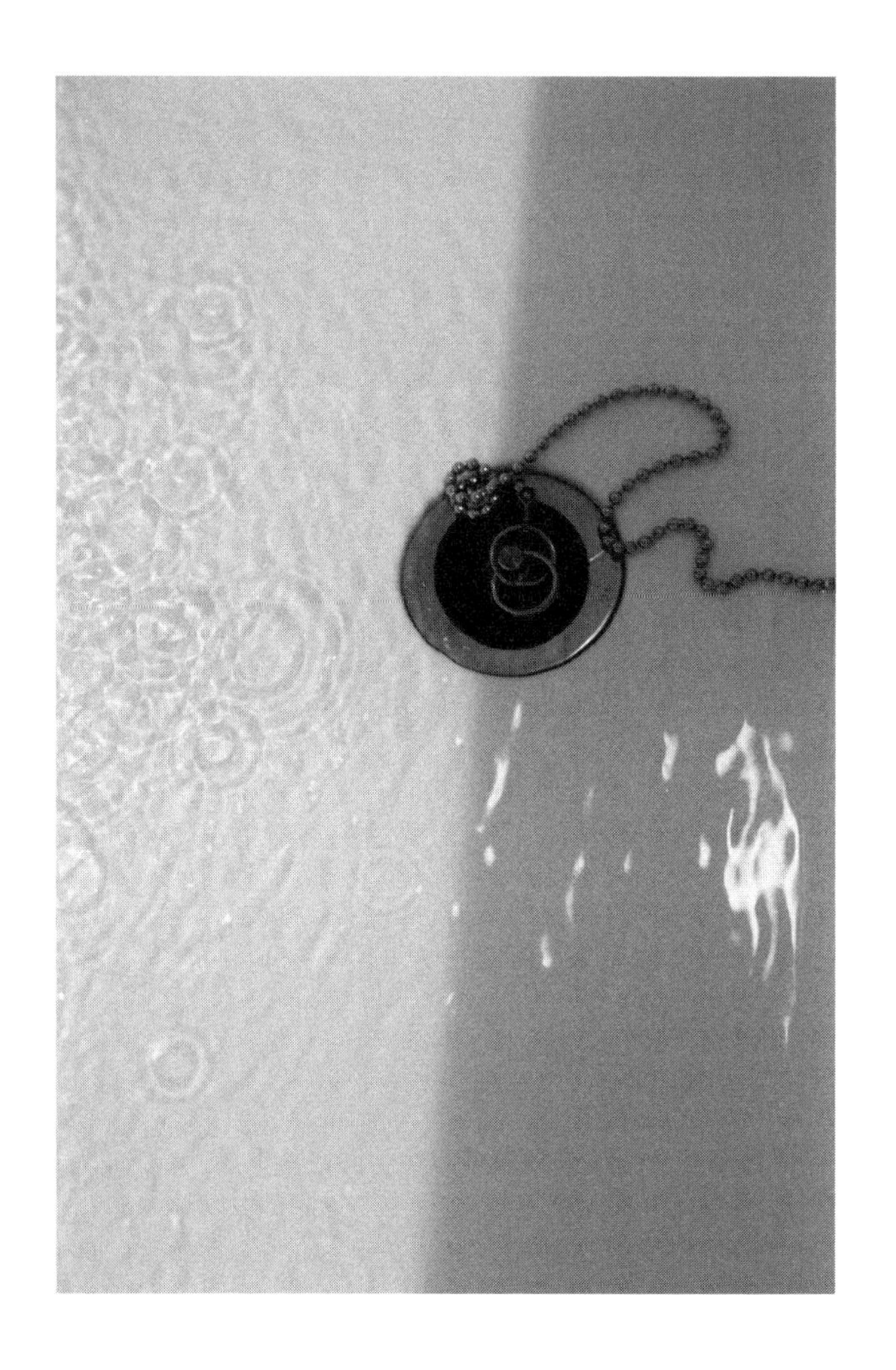

自分の歯ブラシがまだある

すべてのバスタオルを干す浴室
白い筋取り切ったみかん類に転がす
熱をもらいにくる両脚
水色の部屋夢を見渡す眼球運動

氷の溶ける音が聞こえて帰る

ウルトラマンが礫になる

透明人間の乱交パーティーらしい

透けているブラジャーが欲しいブラジャーでなく

スワンボートの顔に袋が

蟬よ蟬よ求愛が死に裏返る

恋人の口から出てる蛸の足の先

着ぐるみを剥かれる

変身の途中でくしゃみをしてめちゃくちゃに

どんな声あげても聴こえない豪雨だから

「見ないで」とおつう「言わないで」とお雪

第十一回句会参加

穂村　弘

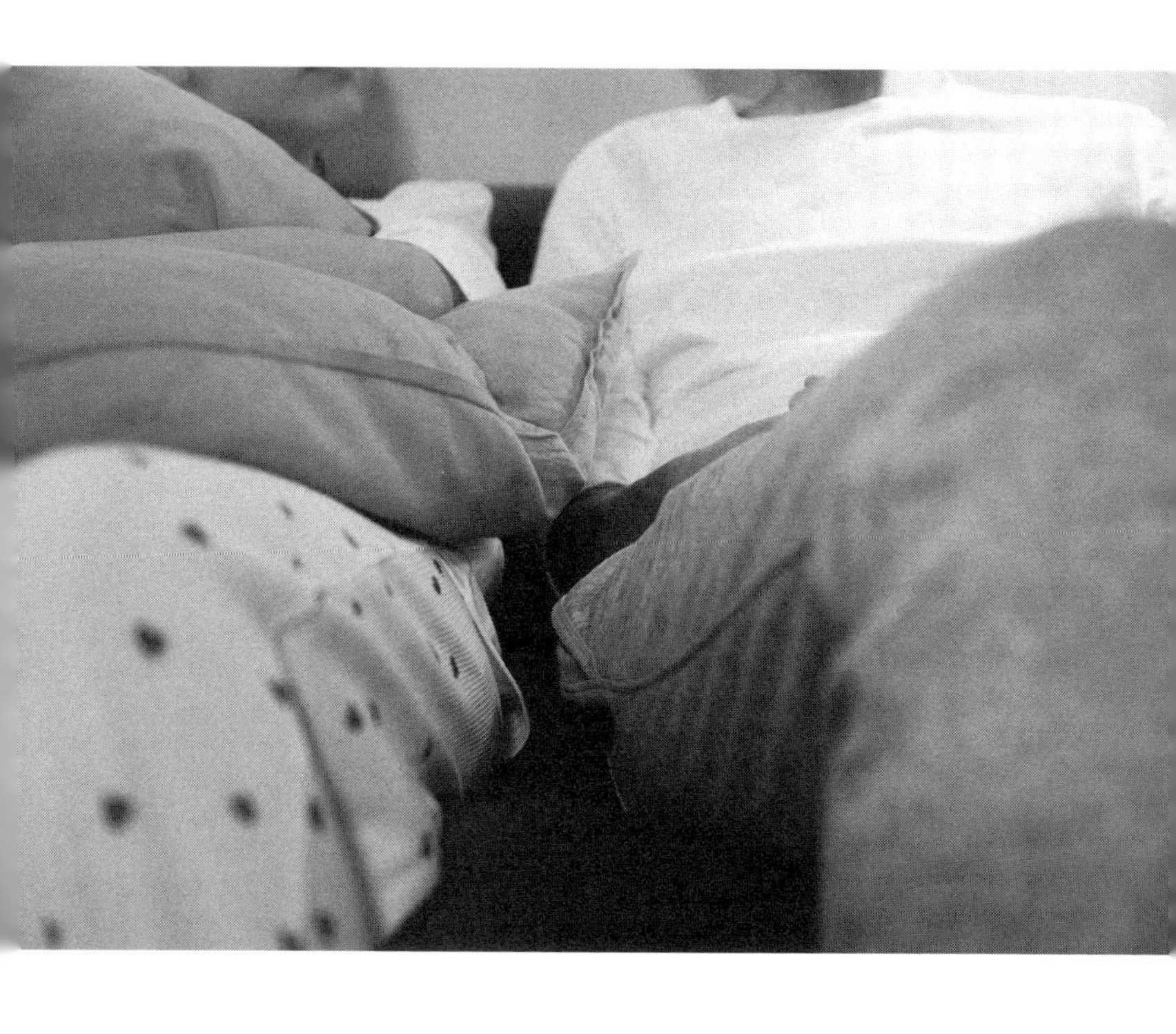

加賀翔

5

前の恋人の影響を持ち寄っている

ろくろを教わる指輪の灰色
手の大きさを比べたら絡まっていった
暗い浴室に波打つお湯の音
がむしゃらに脱いだ服の丸まり

不倫の肌が荒れている
密会のおしぼりを破裂させて開ける
誰かのサプライズが始まった暗さに乗っかる
脱いだ時にだけ分かるように香水

最後がいつか聞かれる
掴まれるところを探す台所

血管を辿るように撫でられて心臓へ
鎖骨を舌で渡られている
氷を背中に置いてみる

尻太鼓を打ちつ打たれつ
舌が乾いて一旦しまう
ネクタイを首輪にされて這う

毛のない猿だ

続きから再生したようにクライマックス

プラネタリウムの方が興奮した

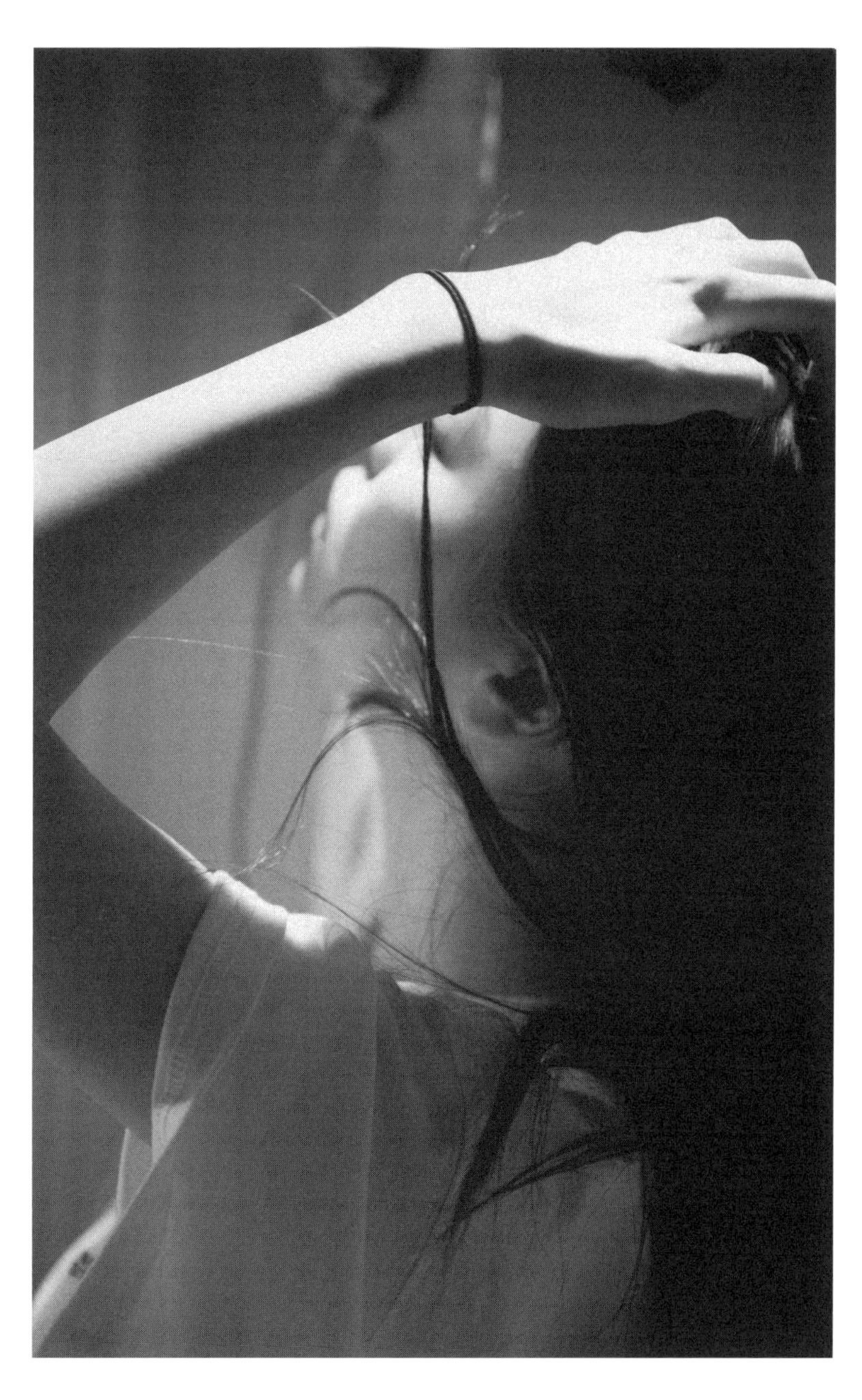

全ての窓を開けたまま静かに

鳥の声が聞こえ始めて笑う

助走のように別々で温泉に入る

朝食バイキングに間に合わなかった

監視カメラの死角から出る
わざと車道側を歩く
タクシーの中でそれぞれに眠る

唇腫らしてそれぞれデスクに
昨日と同じ服が三人だ

新幹線の切符を預ける
一緒に選んだお土産を並べる

置いて行く安いファンデーション
泊まる日が増えて枯れていた

一つしか知らない香水の匂い

酒を飲めたら違った改札を見送る

思い出の席で初めて来た顔を作る

自動でお湯張るボタン照らして見つける

白武ときお

5

ピンヒール並ぶ耳鼻科の下駄箱

瓶の形を忘れない鮭フレーク

隣の墓に足入れて磨いている

色褪せた昔のスケジュール帳の星マーク

竹串で捻り出されたさざえの緑
俯いて赤い歯茎指で拭き取る
音もなく進まない蹴りを見続けている
乳白色の湯の中で探す君の手

体より大きい楽器と踊り場で待つ
ふたつ目は一緒に吸うつつじ
鼻声の音読が奥まで響いている

円柱の水槽に張り付き歪む

行ったり来たり海の恐竜つまむ指

レジのスポンジ諦めて押す

いつまでも置いてある灰皿缶

月光を頼りに探す波打ち際

あとがき

白武ときお

代々木公園へ散歩をしに行くと河津桜が咲いていた。河童の伝説が残る静岡県河津の地で見つかった早咲きの桜で、毎年2月中旬から濃い桃色の花びらで公園を盛り上げてくれている。まだ朝の早い時間で、人気の少ない中、木のまわりをぐるぐると動き、自分の服を汚しながら膝をついて写真を撮っている者がいる。加賀君である。彼の好きなことに「カメラ」「散歩」「自由律俳句」がある。陰で最年少老人と呼ばれている。

半自伝的小説『おおあんごう』に詳しく記されているが、加賀君は長く険しい少年時代を潜り抜けている。今頃、法律を犯してお金を稼ぐ職業に就いていてもおかしくないほどの刺激を浴びている。ひとつの大きな問題から解放された後も災難が続く。高校に入学し、お笑いが好きな友達を作ろうとするも、やんちゃな同級生たちと馬が合わず、スクールカウンセラーからも「あなたが好きなお笑い芸人は人を傷つける笑いだね」と言われ喧嘩をし、眠れない夜を過ごす。ある日、自転車のペダルがこげなくなり、学校を中退する。一度くしゃくしゃになった紙は、もとの紙には戻らない。ぺしゃんこになってしまった回数が、一度や二度ではないはず。それなのに彼の生み出すコントはどうしてあんなに優しいのだろう。

かが屋との出会いは、たまたまＹｏｕＴｕｂｅで見つけたコントだった。白と黒、統一の衣装、最低限の小道具、説明の少なさ、リアリティのある設定、顔の面白さ……新しく美しい笑いの取り方で衝撃を受けた。加賀君とは好きなものが似ていた。彼としかできない領域の話がたくさんあった。穂村弘さんの短歌やエッセイ、せきしろさんと又吉さんの自由律俳句の話もそのひとつだった。

彼と出会って半年くらいの間に、かが屋はお笑いの階段を駆け上って行った。テレビのネタ番組に頻繁に出演するようになり、その革新性から業界内外にファンが増えて行く。そのスピードに負けないようにと、加賀君は毎月コントのシチュエーションを１００個考える。本当にストイックな人である。そんな時期に、遊びとして始めたのがエロ自由律俳句であった。

かが屋はコントの大会の決勝にも名を連ね、どんどん大きい仕事のスケジュールが決まっていく。準備も反省もできないまま、摩耗していき、色々なコントロールができなくなる。ラジオの収録の前に、とても話す気分じゃない、休養しようか迷っていると相談を受けた。調子良くテレビの出演が続いているが、ちょっと休んだらすぐに忘れられてしまう。お笑いの世界に居場所がなくなってしまうかもしれない。そういう恐れから休む決断ができない。加賀君に「戻って来れますかね？」と聞かれ、すぐさま「絶対に大丈夫」と答えた。私は普段から息を吐くように嘘をつくが、自分がついてきた嘘の中でもかなり上位に入る優しい嘘をつかせてもらった。

テレビやお笑いの業界のサイクルは早い。面白い人は次々と現れ、常に新しい人の登場が待ち望まれている。再び、最前線に戻ってくることは至難の技だ。加賀君が8ヶ月休養している間、相方の賀屋君はひとりでネタを披露するコンテストで3位に入り、かが屋の看板を守り続けた。復帰すると1年ほどでコントの大会の決勝に舞い戻った。お笑いの生存競争に勝ち続けている。そして今、こうやってエロ自由律俳句の本を出版するに至っている。なんて逞しいんだろう。加賀君というエロ河童の生命力に感動するばかりである。

決まりがないところがいいのに、エロというもので縛って詠む。エロ自由律俳句は遊び半分の洒落で始めたつもりだった。粛々と続けているとその輪が次第に広がっていき、加賀君のおかげで東直子さんや穂村弘さんまで、ゲストに参加していただいた。

エロ自由律俳句を作っているときは、エロいことを掘り起こし、エロさに磨きがかかり、仕事も生活も手につかなくなってしまうところが難点である。しかし、見落としていた、掬い取れていなかった、記憶の彼方に消えかけていた情景を心に留め、取り出しやすくすることができる。エロ自由律俳句は、すべての人がすでにこころに持っているエロい真実を、自由律俳句の力をかりて具体的な言葉として表出させるためにエロい日本人がたどり着いた文芸です。

この本を手に取って下さったエロい皆様に心から感謝したい。

著者略歴

加賀 翔（かが・しょう）

1993年5月16日、岡山県生まれ。
お笑いコンビ・かが屋として2015年から活動。

白武ときお（しらたけ・ときお）

1990年12月17日、京都府生まれ。放送作家。

写真　加賀 翔（かが屋）
デザイン　柴田ユウスケ（soda design）
編集　福田 駿

本著はWebメディア『QJWeb』の連載企画に
加筆・修正を加え、一冊としたものです。

鼻を食べる時間

2024年1月28日　第1版第1刷発行

著者　加賀 翔・白武ときお
発行人　森山裕之
発行所　株式会社 太田出版
160-8571 東京都新宿区愛住町22
第3山田ビル4階
電話03-3359-6262
Fax 03-3359-0040
HP https://www.ohtabooks.com

印刷・製本　株式会社 シナノ パブリッシングプレス

ISBN 978-4-7783-1897-0　C0092